TENEMOS CARÁCTER

YO ESPERO MI TURNO

CHARLOTTE TAYLOR

Gareth Stevens PUBLISHING

TRADUCIDO POR
CECILIA GONZÁLEZ GODINO

Please visit our website, www.garethstevens.com. For a free color catalog of all our high-quality books, call toll free 1-800-542-2595 or fax 1-877-542-2596.

Library of Congress Cataloging-in-Publication Data
Names: Taylor, Charlotte, author.
Title: Yo espero mi turno / Charlotte Taylor.
Description: New York : Gareth Stevens Publishing, 2021. | Series: Tenemos carácter | Includes bibliographical references and index.
Identifiers: LCCN 2019047950 | ISBN 9781538260852 (library binding) | ISBN 9781538260838 (paperback) | ISBN 9781538260845 (6 Pack) | ISBN 9781538260869 (ebook)
Subjects: LCSH: Patience–Juvenile literature.
Classification: LCC BJ1533.P3 T39 2020 | DDC 179/.9–dc23
LC record available at https://lccn.loc.gov/2019047950

Published in 2021 by
Gareth Stevens Publishing
111 East 14th Street, Suite 349
New York, NY 10003

Translator: Cecilia González Godino
Editor, Spanish: Natzi Vilchis
Designer: Sarah Liddell
Editor: Megan Quick

Photo credits: Cover, p. 1 Monkey Business Images/Shutterstock.com; background throughout Igor Vitkovskiy/Shutterstock.com; p. 5 Karen Struthers/Shutterstock.com; p. 7 monkeybusinessimages/iStock/Getty Images Plus/Getty Images; p. 9 Hispanolistic/E+/ Getty Images; p. 11 Juanmonino/E+/Getty Images; p. 13 gpointstudio/Shutterstock.com; p. 15 sirtravelalot/Shutterstock.com; p. 17 Happy Together/Shutterstock.com; p. 19 CREATISTA/Shutterstock.com; p. 21 yacobchuk/iStock/Getty Images Plus/Getty Images.

Printed in the United States of America

CPSIA compliance information: Batch #CS20GS: For further information contact Gareth Stevens, New York, New York at 1-800-542-2595.

CONTENIDO

Las palabras del glosario se muestran en **negrita** la primera vez que aparecen en el texto.

¿Por qué nos turnamos?

A veces, muchas personas quieren hacer lo mismo, pero esto debe hacerse de uno en uno. Tendrás que ser **paciente** y esperar tu turno. Turnarse permite que todos tengan la misma oportunidad. Los turnos son justos.

Sé paciente

Anna estaba cenando con su familia y quería contarles que aquel día habían visto una película en la escuela. Pero el hermano de Anna estaba hablando de su día, así que Anna esperó su turno para hablar.

Julio fue a comprar comida con su mamá. Cuando llegó el momento de pagar, había una larga fila delante de ellos. Julio y su mamá tuvieron que esperar su turno y ser pacientes.

Comparte el trabajo

Todas las semanas, Sarah y su hermana deben sacar la **basura**. Se turnan el trabajo: una semana, Sarah saca la basura y, la siguiente semana, lo hace su hermana. A veces, turnarse hace que el trabajo sea más fácil para todos.

Comparte la diversión

Will y sus amigos fueron al parque. Todos querían divertirse en el tobogán. No se dieron **empujones**; formaron una fila y se turnaron para lanzarse por el tobogán. Cuando los amigos se turnan, ¡todos pueden divertirse!

Kate y su hermano recibieron un nuevo **videojuego**. Los dos querían probarlo, así que decidieron turnarse. Kate jugó durante 30 minutos y dejó que su hermano jugara durante el mismo tiempo. Gracias a los turnos, compartieron el juego.

¡La clase de Helen recibió un conejito como mascota! Todos querían llevárselo a casa durante el fin de semana. La profesora hizo una lista con los nombres de todos los alumnos y **asignó** un fin de semana a cada uno. Todos se turnaron para cuidar del conejito en su casa.

Vamos a hablar

Finn era nuevo en la ciudad y Joe lo acompañó a la escuela. Joe le preguntó cuál era su deporte **favorito** y Finn respondió que le gustaba el fútbol. Después, le preguntó a Joe qué deportes le gustaban. Se turnaron para escuchar y hablar. Tuvieron una buena **conversación**.

La clase de Tanya estaba trabajando en pequeños grupos. Cada miembro del grupo compartía sus ideas y el resto escuchaba. No se **interrumpieron** unos a otros. Tanya habló cuando fue su turno. El grupo funcionó muy bien porque se turnaron para hablar.

GLOSARIO

asignar: dar a alguien un trabajo o una tarea específica.

basura: desechos.

conversación: diálogo entre dos o más personas.

empujar: dar un empellón.

favorito: el que más gusta.

interrumpir: comenzar a hablar mientras otra persona está hablando.

paciente: capaz de esperar un largo rato.

videojuego: juego electrónico que incluye jugadores controlando personas en una televisión o una pantalla de computadora.

PARA MÁS INFORMACIÓN

LIBROS

Rankin, Laura. *My Turn!* New York, NY: Bloomsbury, 2016.

Miller, Pat Zietlow. *Be Kind.* New York, NY: Roaring Brook Press, 2018.

SITIOS DE INTERNET

Life's Little Lessons
pbskids.org/learn/lifes-little-lessons/sharing/
Mira este divertido video sobre compartir y turnarse.

How to Teach Your Child to Take Turns
cainclusion.org/resources/tp/materials/backpack-series/bkpk_turns.pdf
Descubre algunas ideas para practicar.

Nota del editor a los educadores y padres: nuestro personal especializado ha revisado cuidadosamente estos sitios de Internet para asegurarse de que son apropiados para los estudiantes. Sin embargo, muchos de ellos cambian con frecuencia, por lo que no podemos garantizar que contenidos que se suban a esas páginas posteriormente cumplan con nuestros estándares de calidad y valor educativo. Les recomendamos que hagan un seguimiento a los estudiantes cuando accedan a Internet.

ÍNDICE